CLUB-TASCHENBUCHREIHE

D1720674

Band 207

www.obelisk-verlag.at

Birgit Rivero

CHARLY KLIMPER
SUPERSTAR

Mit Farbbildern
von der Autorin

OBELISK VERLAG

Redaktion der Club-Taschenbuchreihe:
Inge Auböck

Umschlaggestaltung: Carola Holland

Dieses Buch ist nach den neuen Rechtschreibregeln abgefasst

© 2006 by Obelisk Verlag, Innsbruck – Wien

Alle Rechte vorbehalten

Printed in Austria by WUB Offset Tirol, 6020 Innsbruck
ISBN 3-85197-521-9
ISBN (13) 978-385197-521-5

rgendwo am Rande einer großen Stadt liegt ein kleines Viertel, das einmal bessere Zeiten gesehen hat. Die Gassen sind dort eng und verwinkelt und riechen nach Erbsensuppe und Hundekot.

Am Ende der engsten Gasse steht ein Haus, das sich von seinen Nachbarn abhebt durch ein großes Glasfenster – eine Geschäftsauslage.

Wer durch das Fenster blicken will, muss zuerst eine dicke Schicht Staub von der Scheibe wischen.

Dann wird er einen altmodischen Tisch erkennen, ein paar Sessel mit verschnörkelter Lehne, Kästen, Bilder, eine Kiste, aus der altes

Gewand quillt, einen Stapel Bücher und vieles Merkwürdige mehr.

Ganz im Hintergrund könnte er sogar die verrosteten Teile einer Ritterrüstung sehen, und daneben ein Klavier.

An der Tür neben der Auslage hängt ein Schild:

ALTWAREN RUMPLER

Nur wenige Leute lesen das Schild. Noch weniger versuchen einen Blick in die Auslage zu werfen. Und die allerwenigsten betreten den Laden, um etwas zu kaufen.

So ist es kein Wunder, dass das Geschäft meistens geschlossen ist.

Wer aber denkt, es wäre dort alles still und verlassen, der irrt sich:

Ungestört von Kunden tummelt sich dort Tag für Tag und mehr noch Nacht für Nacht eine muntere Gesellschaft.

I.

„**C**harly! Charly! Komm raus!"

Charly Klimper runzelte die Stirn.

„Nicht schon wieder", dachte er. „Kann man hier nie seine Ruhe haben? Am besten, ich hör' gar nicht –"

„CHAAARLY!"

„Ist gut," stöhnte Charly. „Ich komm ja schon!"

Draußen waren sie alle versammelt:

Uschi und Kuschi, die Zwillinge aus der Nussholztischlade.

Tina von der Biedermeierkommode, drittes Fach von oben.

Der Schwarze Alex aus dem Messingkohlenkübel. Und Konrad, genannt der Kühne, denn seine Familie wohnte seit kurzem im linken Arm einer Ritterrüstung.

Charly schnüffelte ärgerlich.

„Was wollt ihr?"

„Du wirst hiemit zum Turnier geladen!", verkündete Konrad der Kühne feierlich. „So du ein Ritter ohne Furcht und Tadel –"

„Ach, lass doch den Quatsch!", unterbrach ihn Charly.

Solange Konrad noch in der alten Küchenkredenz gehaust hatte, hatte Charly ihn gut leiden können. Doch seit seiner Übersiedlung in die Ritterrüstung war kein vernünftiges Wort mehr aus ihm herauszubekommen.

„Was ist los?"

„Wir wollen Verstecken spielen!", erklärte ihm Tina. „In Konrads neuer Wohnung. Seine Eltern sind nicht zu Hause."

„Meine auch nicht! Warum spielen wir nicht bei mir?"

„Bei dir? Klaviere sind langweilig!", schrien die Zwillinge im Chor.

„Konrad sagt, wenn man ganz tief in die Rüstung hineinkriecht, bekommt man echte Rostflecken!", gab der Schwarze Alex zu bedenken.

„Und außerdem soll es dort spuken!", fügte

Tina hinzu.

„Es ist der Geist meines Ahnherrn Krotho von Mausburg!", raunte Konrad. „Er wurde von seinem leiblichen Bruder meuchlings ermordet, und wer ihn sieht, der –"

„Gut, gut!", unterbrach ihn Charly. „Ich komme in fünf Minuten. Hab‘ noch eine Kleinigkeit zu erledigen."

Erleichtert sah er seine Freunde abziehen.

Im Bauch des Klaviers war es finster. Nur durch die Eingangstür, die Charlys Eltern in die Rückwand genagt hatten, fiel ein gedämpfter Lichtschein auf zwei staubige Holzbalken, über die alle Besucher zu stolpern pflegten. Weder Charly noch irgendjemand in seiner Familie hatte eine Ahnung, wozu diese Balken gut sein könnten.

Genauso wenig interessierte sich Familie

Klimper für die vielen dicken und dünnen Drahtschnüre, die in zwei Reihen schräg aus einem Holzrahmen wuchsen, einander kreuzten und sich weit oben in der Dunkelheit verloren.

Hier aber war Charly ganz anderer Meinung!

Denn diese Drahtschnüre, auch Saiten genannt, wie ihm ein Besuch einmal erklärt hatte, machten diese Wohnung für Charly einzigartig. Um nichts in der Welt hätte er sie gegen eine Ritterrüstung oder eine Kommode getauscht.

Warum? Das war Charlys Geheimnis ….

Als er sicher war, dass die anderen weit genug weg waren, räusperte er sich, hob feierlich die rechte Pfote und berührte damit die erste dicke Drahtsaite.

Ein dumpfer, grollender Ton erhob sich, schwoll an und ebbte wieder ab.

Konzentriert, mit geschlossenen Augen, wartete Charly, bis er verklungen war. Dann tippte er die übernächste Saite an, die einen etwas helleren Ton von sich gab.

Charly seufzte tief auf. Aber gleich lief er ein Stück weiter und zupfte rasch an zwei Saiten zugleich.

Mit geneigtem Kopf horchte er, wie sich die Töne miteinander vereinten.

Dann griff er wahllos mit allen Fingern in die nächsten Saiten und brachte sie zum Klingen.

Was für ein Genuss! Charly tat einen kleinen Luftsprung vor Begeisterung.

Hastig fuhr er sich durchs Haar. Mit gesträubtem Fell eilte er hinüber zu den dünnsten, besonders straff gespannten Drähten und entlockte ihnen ein hohes, leises Zirpen.

Gleich darauf stürzte er wieder auf die andere Seite und betätigte den Bass.

Immer schneller rannte er hin und her, seine Ohren flogen, das Klavier dröhnte, und Charly tanzte und schwamm verzückt in einem Meer von köstlichen Tönen.

Schließlich sank er erschöpft zu Boden, während über ihm und um ihn die Töne langsam leiser wurden und verstummten.

Charly war noch tief in wunderbare Klangträume versunken, als plötzlich eine ganz andere Musik an sein Ohr drang:

Da krähten, piepsten und johlten mehrere Stimmen durcheinander, und es dauerte nicht lange, bis Charly den Text des dummen Liedes verstehen konnte:

„Eins, zwei, drei, vi – ier – unterm Klavi – ier – sitzt eine Mau – haus – "

„Verflixt!", knurrte Charly und sprang auf. „Da sind sie schon wieder!"

Und er rannte zur Tür und steckte den Kopf hinaus, eben als der Chor mit einem dröhnenden „und die muss rau – haus!" schloss.

„Wer sitzt hier unterm Klavier?", rief Charly aufgebracht und starrte auf seine Freunde hinunter. „Ich wirklich nicht!"

„Eins, zwei, drei, vi – ier,", setzten Uschi und Kuschi sofort wieder an, „überm Klavi – ier –"

„Hab' ich vielleicht Flügel?", ärgerte sich Charly. „Bin ich eine Fledermaus – oder was?"

„Fledermaus – komm heraus!", schrie der

Schwarze Alex und warf die haarigen Arme in die Luft.

Mit hochrotem Kopf wollte Charly sich auf ihn stürzen, aber Tina stellte sich dazwischen.

„Reg dich nicht auf, Charly! In der Rüstung waren wir schon, jetzt wollen wir 'Wer fürchtet sich vorm Schwarzen Ratz' spielen. Was treibst du denn so lange?"

„Ich?" Verlegen starrte Charly auf seine Zehenspitzen. „Ich hatte – ich wollte – "

„Kommst du jetzt oder nicht?"

„Ich – äh –" Charly wollte sich eine Entschuldigung zurechtlegen, aber in diesem Moment sah er, wie Konrad sich aufblies und den Mund aufriss, um zu einer Rede anzusetzen.

„Platz da!", rief Charly schnell, „Ich komme!" Und mit einem großen Sprung war er unten bei ihnen.

II.

„ nglaublich, der Alex!", dachte Charly, während er sich mit den anderen in einer Reihe vor dem Ladentisch aufstellte.

Der Schwarze Alex aus dem Kohlenkübel stand allein am anderen Ende des Raumes. Er sträubte sein struppiges Fell und schien mit jeder Sekunde größer und stärker zu werden.

„Wer fürchtet sich vorm Schwarzen Ratz?", rief er mit lauter Stimme, und wie immer musste Charly kurz schlucken, bevor er tapfer im Chor mit den anderen antworten konnte:

„Niemand!"

„Wenn er aber kommt?"

„Dann laufen wir davon!", kreischten alle –

und dann liefen sie wirklich, aber anders als sie gedacht hatten. Denn das letzte Wort wurde übertönt vom schrillen Klingeln der Ladentür, die plötzlich weit aufsprang.

Das gab vielleicht eine Panik!

Alles rannte wild durcheinander.

Tina kroch unter den Ladentisch.

Konrad ließ sich mit einem Plumps in eine antike Vase fallen.

Die Zwillinge zwängten sich gleichzeitig in eine Zuckerdose aus Porzellan und merkten zu spät, dass der Deckel nicht mehr passte und ihre Schwänze für alle sichtbar heraushingen.

Nur der Schwarze Alex war noch immer so in seine Rolle vertieft, dass er einfach stehen blieb und dem eingetretenen Kunden mit gesträubtem Fell und wilder Miene entgegensah.

Dann verlor er die Fassung, lief dem Mann zwischen die Beine und stolperte schließlich durch die immer noch halb geöffnete Tür auf die Straße hinaus.

Und Charly?

Charly lief schnurstracks nach Hause in sein Klavier.

„Ausgerechnet jetzt muss ein Kunde kommen!", schimpfte er, als er sich in Sicherheit wusste. „Hat der nichts Besseres zu tun?"

Herr Rumpler, der Ladenbesitzer, schien ähnlich zu denken: Langsam und widerwillig näherten sich seine schlurfenden Schritte aus dem hinteren Lager.

Mit mürrischer Stimme fragte er den Kunden, was er wünsche.

Die Antwort kam so leise, dass Charly sie nicht verstehen konnte.

Der Stimme nach ist es ein junger Mann!, stellte Charly fest, das Ohr an die Tür des Klavierkastens gepresst. Ich wette, er sucht ein

Geschenk für seine Freundin.

Die silberne Brosche mit der Nachtigall? Nein, sicher die geblümte Zuckerdose!

Hier musste Charly kichern: Es fiel ihm plötzlich ein, wer gerade in dieser Zuckerdose saß.

Das wird eine schöne Überraschung für die Freundin geben! Erst sieht sie die Schwänze – dann springt Uschi heraus – dann Kuschi hinterher –

Charly gluckste immer stärker. Er musste sich anhalten, um nicht umzufallen.

Und da geschah es: Durch das Klavier ging ein Ton wie ein Donnerschlag, gleich darauf noch einer und noch einer!

Charly schrie auf und hielt sich mit den Pfoten beide Ohren zu.

Aber es nützte nichts!

Wie Hammerschläge fielen von allen Seiten Töne über ihn her. Sie prasselten auf ihn her-

ein, er spürte jeden einzelnen bis ins Mark.

Mit letzter Kraft wankte er dem Hinterausgang zu, wo er seiner Mutter in die Arme fiel.

Die packte ihn und warf ihn auf den Boden

hinunter, wo sein Vater ihn auffing.

Mit vereinten Kräften zerrten die beiden ihren Sohn hinter einen Stapel alter Fotoalben.

„Was war das?", fragte Charly, als er wieder zu Besinnung kam. „Was ist passiert?"

„Gottseidank noch nichts!", erwiderte die Mutter und hörte auf, Charly den Rücken zu klopfen.

„Du hättest glatt taub werden können!", erklärte sein Vater kopfschüttelnd. „Dass die Jugend immer so für laute Musik schwärmen muss …"

„Wenn es nur das wäre!" Die Mutter drückte Charly, der empört aufstehen wollte, wieder auf den Sitz hinunter. „Ist dir klar, dass du fast mit dem Klavier mitverkauft worden wärst?"

Mitverkauft?

Richtig – der Kunde! Langsam begann Charly ein Licht aufzugehen.

„Aber dieser schreckliche Lärm?"

„Der Mann scheint Pianist zu sein! So nennt man das ja wohl, wenn einer wie wahnsinnig auf das arme Klavier eindrischt!", bemerkte sein Vater.

Pianist? Charly kam aus dem Staunen nicht heraus.

Und er hatte gemeint, selber schon ein bisschen Klavier spielen zu können!

Offensichtlich handelte es sich da um etwas völlig anderes …

„Habt ihr gesagt, das Klavier wird verkauft?", fiel ihm plötzlich wieder ein. „Aber – wo werden wir dann wohnen?"

„Wir werden uns eben nach etwas anderem umsehen müssen," murmelte die Mutter.

Das Schrillen der Türglocke ließ alle zusammenfahren.

„Er ist weg!", jubelte Charly.

Er sprang auf das oberste Fotoalbum und sah sich triumphierend um.

„Und das Klavier ist noch da! Seht ihr nicht?"

Doch Mutter Klimper schüttelte nur müde den Kopf.

„Er wird wiederkommen! Ein Klavier kann man nicht in die Tasche stecken und damit weggehen. Nicht einmal ein Mensch kann das."

Der Vater hob den Zeigefinger.

„Wenn ich's recht bedenke, so scheint mir, der Mann hat etwas von ‚ganz verstimmt‘ gesagt. Vielleicht will er es doch nicht?"

„‚Ganz bestimmt‘ hat er gesagt!", ereiferte sich die Mutter.

„Mir klang es eher wie ‚ganz verstimmt‘!", beharrte der Vater.

Während die beiden stritten, hing Charly seinen eigenen Gedanken nach.

Er weigerte sich noch immer zu glauben, dass

die Mutter recht hatte.

Wer würde denn ein so riesiges, sündteures Möbelstück kaufen wollen?

Ein junger Mann mit einer derart schüchternen Stimme! Nein, das konnte nicht sein.

„Das darf einfach nicht sein!", wiederholte Charly. „Wo soll ich denn dann Musik machen?"

Die Stimme seiner Mutter riss ihn aus seinen Träumereien.

„Der Schirmständer ist viel zu zugig! Es bleibt dabei, wir ziehen fürs Erste in die Damenstiefel. Sie sind mit echtem Lammfell gefüttert – das ist unbezahlbar, jetzt, wo der Winter vor der Türe steht!"

„Ganz wie du willst, Mathilde!", seufzte der Vater.

Dann rüttelten sie Charly an der Schulter.

„Steh auf, Karli, wir müssen schleunigst umziehen!"

Die wenigen Habseligkeiten der Familie hatten bald ihren Platz gewechselt, und aufatmend ließ sie sich in den Damenstiefeln häuslich nieder.

Die Mutter konnte den Winterpelz nicht genug loben.

Der Vater hielt Vorträge über die Vorteile einer Luftveränderung.

Nur Charly war alles andere als zufrieden.

„So wenig Platz!", maulte er. „Und ihr habt mich schon wieder Karli genannt!"

„Größe 44!", wies ihn die Mutter zurecht. „Mehr kann man von Damenstiefeln wirklich nicht verlangen."

„Aber es riecht so muffig! Und ihr sollt mich nicht immer Karli nennen!"

„Reifer Camembert – mein Lieblingsparfum!", meinte der Vater und schnüffelte. „Was sagst du, Mathilde?"

„Ich? Ich sage, dass Karli endlich lernen muss, dass man nicht alles haben kann!"

Damit war der Fall für die Eltern erledigt. Nicht so für Charly.

Zunächst einmal biss er sich ein Luftloch in die rechte Stiefelspitze.

Die Nase am Luftloch, verbrachte er die Nacht in fruchtlosem Nachdenken.

War sein Klavier wirklich verloren?

Wann würden sie es abholen kommen?

Und wenn dies so war – gab es denn keine Möglichkeit, den Abtransport zu verhindern?

So viel er sich auch das Hirn zermarterte, es wollte ihm nichts einfallen.

„Vergiss das Klavier!", riet ihm Alex am nächsten Tag.

„Klaviere sind öde!", riefen die Zwillinge.

„Es ist sowieso schon wurmstichig!", stellte Tina fest.

„Ist es gar nicht!", fauchte Charly zurück.

„Wir könnten was spielen,", schlug Konrad vor. „Wir wär's mit einem Turnier in meiner Ritterrüstung?"

„Hör auf!", schrie ihn Charly an.

Da gingen sie.

„Wenn ich wenigstes noch einmal hinüberlaufen und ein paar Töne anschlagen könnte", dachte Charly, während er den Freunden nachsah. Aber man hatte ihm ausdrücklich verboten, das Klavier noch einmal zu betreten.

Der Tag verging für Charly in bangem Warten.

Es wurde Abend. Es wurde Nacht.

Das Klavier stand weiter an seinem Platz.

Wieder lag Charly schlaflos in seinem Stiefel, die Nase an das Luftloch gedrückt.

„Ich muss die Sache einmal ganz ruhig durchdenken", nahm er sich vor.

Erste Möglichkeit: Das Klavier ist gar nicht verkauft. Dann ist die ganze Aufregung umsonst.

Zweite Möglichkeit: Das Klavier ist verkauft – dann wird es möglicherweise morgen abgeholt. Nachts ist aber das Geschäft geschlossen – niemand kann also plötzlich kommen und das Klavier abholen. Meine Eltern schnarchen nebenan. Worauf warte ich noch?

Gesagt, getan. Mit zwei Sprüngen hatte Charly den verhassten Stiefel verlassen, atmete tief durch und war mit drei weiteren Sprüngen in seiner alten Wohnung angelangt. Zärtlich begann er die erste Saite zu streicheln.

„Ich darf nicht zu laut werden. Niemand darf mich hören …"

Niemals hatte Charly so schön gespielt. Wie kleine, durchsichtige Wassertropfen fielen die zarten Töne einer nach dem anderen in seine Seele, gefolgt von langen Pausen der Trauer.

Nach einer Weile ließ Charly die Pfoten sinken und verbarg den Kopf in den Händen.

Wie viel Zeit wohl vergangen war?

Charly erschrak.

Eine Glocke klingelte: die Ladenglocke von *Altwaren Rumpler*!

Charly öffnete die Augen.

Rings um ihn war es finster. Aber unter ihm hob sich der Boden.

Haltsuchend griff er um sich und hörte ein leises Klingen, als er sich an der nächsten Drahtsaite festklammerte.

Mit einem Mal war er hellwach, und siedend heiß überfiel ihn die Erkenntnis:

„Das Klavier!", stöhnte er. „Ich bin mit dem Klavier mitverkauft worden!"

III.

urch den Schock musste Charly wohl das Bewusstsein verloren haben.

Als er wieder zu sich kam, schwankte der Boden nicht mehr. Es herrschte völlige Ruhe. Benommen richtete er sich auf.

Nichts wie weg!

Er lief zum Ausgang, ließ sich hinunterfallen – und stieß mit der Nase an eine Wand, an die man das Klavier geschoben haben musste.

In wachsender Panik lief er die Wand entlang, es wurde heller, er bog um eine Ecke und prallte zurück, als strahlendes Sonnenlicht auf ihn einstürzte. Ein großer, heller Raum tat sich vor ihm auf.

Charly stand einen Moment geblendet da, dann begann er Dinge zu unterscheiden – und fiel fast um vor Schreck: Keine zwei Schritte von ihm entfernt saß ein schwarzes, pelziges Ungeheuer, die großen grünen Augen starr auf ihn gerichtet, und bewegte witternd die Nase!

Charly holte tief Luft, nahm all seinen Mut zusammen und startete los. Mit Riesensprüngen raste er an dem Ungeheuer vorbei einen großen Blumentopf hinauf, wo er in Windeseile den höchsten Wipfel einer Zimmerpalme erklomm.

Oben angekommen, steckte er den Kopf zwischen zwei Palmblätter und wartete, was passieren würde.

Es passierte nichts.

Nach einer Weile schob er vorsichtig die Blätter auseinander und warf einen Blick hinunter.

Das Ungeheuer saß nun vor dem Blumentopf und hatte seinen Blick unverwandt auf Charly gerichtet.

Minutenlang sahen sich die beiden ins Auge. Endlich hielt es Charly nicht mehr aus.

„Bist du – sind Sie – eine Katze?", fragte er. Seltsam piepsig klang seine Stimme in seinen Ohren nach.

„Sehe ich so aus?" Das Ungeheuer entblößte dabei zwei lange, scharfe Schneidezähne, was wohl ein Lächeln ausdrücken sollte.

„Äh – ja!"

„Dann wird es wohl stimmen!", erwiderte die Katze und grinste weiter. „Und du bist eine Maus, nicht wahr?"

„Äh – so was Ähnliches,", meinte Charly vorsichtig. „Jedenfalls heiße ich Charly."

„Dorabella!", sagte die Katze, streckte graziös die linke Pfote aus, um ihre Krallen zu betrachten, und gähnte. „Lebst du immer auf Bäumen?"

„Immer!", versicherte Charly rasch.

War es möglich, dass diese dumme Katze keine Ahnung von Mäusen hatte?

„Und Sie leben hier alleine?", setzte er aufs Geratewohl das Gespräch fort.

„Alleine?" Dorabellas Maul verzog sich zu einem Lachen, das Charly einen Schauer über den Rücken jagte. „Natürlich nicht. Wozu sich unnötige Arbeit machen? Wie jede moderne Katze halte ich mir einen Menschen."

„Einen – Menschen?"

„So ist es. Er versorgt mich mit Speis und Trank, geht für mich einkaufen, öffnet mir die Tür, wenn ich ausgehen will, macht meine Wohnung sauber –"

Hier schweifte Dorabellas Blick eine Augenblick ab. Charly folgte ihm:

Da lagen Papiere über den Boden verstreut, Kleidungsstücke hingen von Sessellehnen, das Tischtuch war voller Kuchenbrösel und von der Lampe hing eine Spinnwebe herunter.

„Obwohl er etwas ordentlicher sein könnte. Kochen kann er auch nicht, kauft immer Dosenfutter für sich und mich. Aber man kann eben nicht alles haben."

Während die Katze sprach, war Charly auf seiner Palme ein Stückchen tiefer gerutscht. „Und das Klavier? Hat er das auch für Sie gekauft?"

„Das Klavier?" Dorabella zögerte. „Nun ja … letzten Endes dient es natürlich zu meiner Unterhaltung. Aber ich muss gestehen, dass wir in der Musik nicht immer einer Meinung sind. Auch hätte ich für die kleine Erbschaft, die wir von seinem Onkel gemacht haben, lieber was anderes gekauft – ein weicheres Sofa etwa oder einen neuen Ofen für den Winter … Die Sophie, das ist seine Freundin, hat dasselbe gesagt! Aber er bildet sich nun einmal ein, dass er berühmt werden will. Und auf einem

Leihklavier, wie wir es bisher hatten, wird man das nie, behauptet er!"

Vor Aufregung rutschte Charly noch zwei Stöcke tiefer. „Kann man denn mit einem Klavier berühmt werden?"

„Du scheinst mir ein besonders ahnungsloses mäuseähnliches Wesen zu sein!", stellte Dorabella fest und musterte Charly interessiert. „Unter den Menschen gibt es sogenannte Pianisten, die sehr bewundert werden, auf der ganzen Welt herumreisen und sehr viel Geld verdienen."

„Dazu komponiert er auch noch!", fuhr Dorabella stirnerunzelnd fort. „Den ganzen Tag hat er nichts als Melodien im Kopf, oder was er eben so Melodien nennt …Während er sich anzieht, summt er vor sich hin. Wenn er meine Milch wärmt, trommelt er mit den Fingern auf die heiße Platte, bis er sich verbrennt. Beim

Geschirrwaschen pfeift er, bis er die Teller fallen lässt. Mitten in einer Unterhaltung mit mir springt er plötzlich auf, stürzt zu seinem Notenheft und schreibt wie rasend … Wie oft musste schon meine Milch übergehen, weil ihm plötzlich etwas eingefallen ist!"

Dorabella seufzte.

"Und mit dem neuen Klavier jetzt wird es sicher noch schlimmer werden."

„Und du? Kannst du auch Klavier spielen?", fragte Charly gespannt.

„Das kann doch jedes Kind!", erwiderte die Katze abfällig. „Du drückst einfach die Tasten nieder, je mehr auf einmal, desto besser. Ich weiß wirklich nicht, was daran Besonderes sein sollte! – Im Übrigen bekomme ich langsam Hunger. Wo Paul sich wohl wieder herumtreibt?"

Bei diesen Worten fuhr Charly der Schreck

in die Glieder: Hier saß er, mutterseelenallein und wehrlos, vor den Schnurrbarthaaren einer hungrigen Katze!

Mit einem Satz hechtete er in die Krone der Palme hinauf. Dort fühlte er sich wieder mutiger.

„Darf ich Sie noch etwas fragen? Stört es Sie, wenn ich in Ihrem Klavier wohne?"

Gemächlich erhob sich Dorabella. Sie spazierte zur Tür, legte den Kopf schief und horchte.

„Da kommt er!", sagte sie befriedigt. „Endlich!" Und zu Charly gewandt: „Im Klavier? Seltsame Idee! Ich ziehe den Lehnstuhl vor, aber wenn es dir Spaß macht, bitte sehr!"

Im dem Moment, in dem die Türe aufging, sprang Charly von der Palme hinunter, schlug einen kleinen Bogen um Dorabella und verschwand hinter dem Klavier.

Also die Tasten musste man drücken! Was

das wohl wieder war?

Charly hatte sich geniert, Dorabella diese Frage zu stellen. Über kurz oder lang würde er es selber herausfinden. Jetzt wollte er endlich den Pianisten sehen!

Als Charly um die Ecke lugte, sah er einen schmächtigen jungen Mann in verwaschenen Jeanshosen und Rollkragenpullover vor mehreren vollen Plastiksäcken im Zimmer hocken, aus denen er nacheinander Dinge herausnahm und wieder hineinsteckte, während Dorabella ihm um die Beine strich und miaute.

Schließlich richtete er sich auf und schüttelte den Kopf, dass die dunklenblonden schütteren Haare nach allen Seiten fielen. „Tut mir schrecklich leid, Dorabella,", sagte er traurig. „Ich hab'schon wieder deine Milch vergessen! Aber ich bin sicher, irgendwo muss noch eine Haltbarmilch sein."

Damit nahm er die Säcke , stieß mit dem Fuß eine Tür auf und ging in die Küche. Mit vorwurfsvollen Blicken folgte ihm Dorabella.

Charly blieb im Wohnzimmer zurück. Unschlüssig, was er nun machen sollte, bezog er zunächst wieder seinen Beobachterposten auf dem unteren Wedel der Zimmerpalme.

Als aus der Küche Düfte nach frischem Toast kamen, merkte er, dass er Hunger hatte. Er musste an zu Hause denken. Was sie dort jetzt wohl gerade taten? Ob sie sich um ihn Sorgen machten? Ob sie gerade das Frühstück richteten?

„Ich muss doch nachsehen, ob Mama nicht ein paar Brösel in der Vorratskammer im Klavier vergessen hat", dachte Charly.

Gerade wollte er sich auf den Weg machen, da klingelte es. Der Pianist stürzte aus der Küche, stolperte über ein Paar Schuhe im Vorzimmer und riss die Wohnungstür auf.

„Hallo, Pauli!", zwitscherte ein pummeliges junges Mädchen, das fast aus seinen Jeans zu platzen drohte. „Guten Mo …"

Weiter kam sie nicht, da Pauli ihr einen Kuss auf die Lippen drückte.

Als ihr Gesicht wieder auftauchte, sah Charly eine Stupsnase, braune Stirnfransen und einen

Rattenschwanz, der ihr am Rücken baumelte.

„So früh kommst du schon?", wunderte sich Pauli. „Ich hab' das Frühstück noch gar nicht fertig!"

Das Mädchen runzelte die Stirn. „Es ist elf Uhr vorbei, und überhaupt – riechst du denn nichts?"

Mit einem Aufschrei stürzte der Pianist zurück in die Küche, aus der Rauchschwaden drangen. Etwas langsamer kam das Mädchen hinterher.

Charly erschrak: Die Katze stand neben ihm.

„Oje, oje!", seufzte sie und rümpfte die Nase. „Jetzt ist die Haltbarmilch übergegangen, der Toast ist angebrannt und die Türen haben sie auch alle offen gelassen!"

Charly horchte auf. „Ist das da die Eingangstür?", fragte er.

„Ja, warum?"

„Und die Haustür unten – ist die auch offen?"

„Wahrscheinlich. Eine Schlamperei ist das hier … Manchmal frage ich mich wirklich, ob ich mich nicht anderweitig umsehen sollte …"

Charly fühlte, wie sein Herz zu klopfen begann. Die Wohnungstüre offen – die Haustüre offen! Worauf wartete er noch? Freilich hatte er keine Ahnung, in welcher Straße er war. Aber er würde sich schon durchfragen … Und das Altwarengeschäft erkannte er von weitem!

Charly rannte los, durchquerte das Wohnzimmer, durchquerte das Vorzimmer und lief durch die Wohnungstür.

„Auf Wiedersehen!", rief er Dorabella über die Schulter zu.

Da war schon die Stiege! Wie im Flug nahm Charly die erste, dann die zweite Stufe und setzte gerade wieder zum Sprung an – da erstarrte er:

Von oben, aus der offenen Wohnungstür, drangen Töne, wie er sie noch nie gehört hatte! Das musste das Klavier sein … Aber das war kein Zirpen und Surren, wie er selbst es den Drahtsaiten entlockt hatte. Auch kein Dröhnen und Hämmern, wie es über ihn hereingebrochen war, als er im Bauch des Klaviers saß und der

Pianist über ihm spielte. Das war – Charly fehlten die Worte dafür – es war einfach unbeschreiblich schön!

Dorabella hob verwundert die Brauen, als sich fünf Minuten später Charly still neben ihr niederließ. „Ich dachte, du hättest uns verlassen?"

Sie erhielt keine Antwort. Stumm hockte Charly da, die Ohren trichterförmig nach vorne gerichtet, kaute vor Aufregung an den Nägeln und verschlang mit den Blicken den Pianisten, der am Klavier phantasierte, während seine Freundin das Frühstück machte.

IV.

o kam es, dass Charly Klimper beim Pianisten Pauli und bei der Katze Dorabella wohnen blieb.

Es ging ihm nicht schlecht dort.

Seine größte Sorge war zunächst die Katze.

Jedes Mal, wenn sie erklärte: „Wo bleibt denn Pauli? Ich sterbe vor Hunger!", lief es ihm kalt über den Rücken.

Wenn sie dann noch den Blick ihrer grünen Augen in seine Richtung schweifen ließ, flüchtete Charly auf die Zimmerpalme (Er wusste zwar, dass auch Katzen klettern konnten, doch Dorabellas Gewicht würde die Palme sicher nicht aushalten.).

So ging es einige Tage lang. Doch schließlich wurde Charly klar, dass Dorabella aufgewärmtes Dosenfleisch hundertmal lieber hatte als frisches Mäusefleisch, wenn sie das auch nie zugegeben hätte. Von da an spazierte er ungeniert vor ihrer Nase herum, schimpfte mit ihr über die Unordentlichkeit ihres Haushälters und scheute nicht einmal davor zurück, Dorabellas Fressnapf zu inspizieren, wenn er hungrig war. Aber das war selten der Fall.

Wie sich bald herausstellte, war diese Wohnung ein Schlaraffenland für alleinstehende Mäuse. Denn Pauli kochte zwar nicht sonderlich gut, aber es verging kein Tag, wo er nicht etwas Köstliches vom Bäcker oder aus der Konditorei nach Hause brachte.

Da hatte Charly dann die Wahl zwischen einem Endchen Butterkipferl vom Frühstück, den Bröseln eines Streuselkuchens von der letzten Jause oder einem halben Salzstangerl von vorgestern.

Dazu vergaß Pauli regelmäßig, Wurst und Käse in den Kühlschrank zu stellen, und es fiel ihm nie auf, wenn etwas fehlte.

Für Charlys leibliches Wohl war also gesorgt. Und den Rest – nun, den besorgte das Klavier.

Stundenlang konnte Charly auf der Zimmerpalme sitzen und mit halbgeschlossenen Augen zuhören, wie Pauli spielte.

Und was der nicht alles spielte! Mozart, Schubert, Rachmaninow– Charly hörte so viele Namen, dass ihm ganz schwindlig davon wurde. Aber die Stücke gefielen ihm fast alle. Sogar die, die Pauli selbst verfasst hatte.

„Und was sagst du dazu?", wandte er sich an Dorabella.

„Menschenmusik!", brummte die Katze. „Keine Spur von Melodie. Manchmal glaube ich, der Kerl ist völlig unmusikalisch!"

„Also, ich finde es schön!", beharrte Charly. „Sieh doch nur, wie seine Finger herumspringen!"

In der zweiten Nacht nahm Charly seine Übungen mit den Drahtsaiten wieder auf. Aber irgendetwas stimmte nicht mehr. Die Töne klangen so dünn, so – irgendwie enttäuschend.

Obwohl Dorabella sich lobend aussprach – „Ideal zum Einschlafen!", versicherte sie – machte es Charly keinen Spaß mehr. Er ertappte sich bei dem Gedanken, dass er vielleicht ebenso gut wie Pauli spielen würde, wenn er nur Klavier spielen könnte ….

„Von der Zimmerpalme aus habe ich nicht den richtigen Überblick!", beklagte er sich der Katze gegenüber. „Ich sehe immer nur eine Hand. Wie soll ich da Klavier spielen lernen?"

„Warum setzt du dich nicht oben auf das Klavier? Dort kannst du alles genau sehen."

Überrascht blickte Charly aufs Klavier hinauf. Er sah einen geschwungenen Giebel genau in der Mitte. Wenn er sich dahinter versteckte und dann vorsichtig hinunterschaute – ja, das müsste gehen.

„Obwohl ich nicht glaube, dass da viel zu erlernen ist!", bemerkte Dorabella noch.

In diesen Tagen steckte der Pianist Pauli bis über die Ohren in einem neuen Werk.

Wie er Sophie erklärte, stand viel auf dem Spiel: Über Bekannte mit guten Beziehungen war es ihm zum ersten Mal gelungen, einen Konzerttermin zu bekommen. Bei diesem Konzert sollte er nicht nur klassische Musik, sondern auch ein eigenes Werk vorführen. Und dieses Werk komponierte er nun.

Den ganzen Tag saß er am Klavier und sprang nur auf, um zum Tisch hinüberzulaufen, der mit Notenpapier übersät war. Das Essen, mit dem ihn Sophie versorgte, blieb tagelang unberührt stehen. Er ernährte sich hauptsächlich von Schokobananen, von denen er mit abwesendem Blick eine nach der anderen in den Mund steckte.

„Das sind so seine Anfälle!", erklärte Dora-

bella, als sie neben Charly oben auf dem Kla-
vierkasten lag. „So ist er immer, wenn er was

Neues schreibt. Ein Glück, dass die Sophie da ist und sich um meine Milch kümmert! Dir kann es ja egal sein, aber als Katze hat man es nicht leicht heutzutage."

Charly nickte zerstreut. „PST!", zischte er. „Er fängt wieder an."

Fasziniert starrte er von der Höhe des Klaviers hinab auf die zehn Finger, die in wilden Läufen und Sprüngen über die Tasten eilten, pausierten und wieder von vorne begannen. Gebannt blickte er auf das Gewirr der weißen und schwarzen Tasten, die unter dem Druck nachgaben, einen Ton erzeugten und wieder in die Höhe schnellten.

Was würde er nicht darum geben, wenn er selbst einmal darauf spielen könnte ... Was für nie gehörte Töne würde er ihnen entlocken!

Die Stimme Paulis riss ihn aus seinen Träumen. „Sophie! Sophie!"

Pauli hatte die Hände von der Tastatur zurück-gezogen. Sein Gesicht war rot angelaufen vor Anstrengung, Schweißtropfen glitzerten auf seiner Stirn und eine Haarsträhne hing ihm feucht in die Augen. „Sophie!"

„Ja?", kam die Antwort aus dem Nebenzim-mer.

Von der Höhe des Klaviers aus konnte Charly Sophie sehen: Sie lag bäuchlings auf Paulis Bett und las ein Buch.

Jetzt hob sie den Kopf und nahm einen Kopf-hörerstöpsel aus dem rechten Ohr.

„Was ist denn?"

„Ich komm' nicht weiter!", stöhnte Pauli. „Bis hier ist es gut, glaube ich – aber jetzt geht es einfach nicht mehr! Und ich brauche doch einen guten Schluss!"

„Dann denk dir doch einen aus!"

„Aber das ist es ja – mir fällt nichts ein!"

„Wird dir schon noch! Warum fängst du nicht noch einmal von vorne an?"

Gähnend versenkte Sophie sich wieder in ihr Buch.

Pauli seufzte tief auf, schüttelte den Kopf und strich sich die Haare aus der Stirn. Dann begann er zum x-ten Mal von vorne.

Eine Weile später drang neuerlich ein fremdes Geräusch durch Sophies Kopfhörer. Ärgerlich blickte sie auf. „Ja?"

Pauli stand bereits im Zimmer. Er riss ihr die Stöpsel aus den Ohren.

„Hast du das gehört?", schrie er.

„Nein, du siehst doch, dass ich – "

„Gesehen hast du auch nichts?"

Auf ihr Kopfschütteln ließ er sich in einen Sessel fallen.

„Es war eine Maus!", flüsterte er.

„Was??"

Er nickte zweimal. „Eine Maus. So klein! Grau, mit Schwanz."

Sophie setzte sich im Bett auf.

„Na gut!", sagte sie beruhigend. „Wir werden eine Falle kaufen. Kein Grund zur Aufregung."

Pauli sprang auf. „Eine Falle? Bist du wahnsinnig? Sie hat meine Phantasie zu Ende gespielt! Verstehst du nicht? Die Maus ist ein Genie!"

Jetzt war Sophie ernstlich beunruhigt.

„Komm!", sagte sie, streichelte ihn am Arm und zog ihn wieder in den Sessel hinunter. "Setz dich. Und jetzt erzähl mir mal alles von Anfang an."

Was Pauli dann endlich erzählte, war Folgendes:

Er hatte, wie schon so oft, sein neues Stück gespielt. Und gerade an der bewussten Stelle kam plötzlich etwas geflogen – „Aus der Luft!", versicherte er. „wirklich, aus der Luft!" –, landete auf den Tasten und schlug einen völlig neuartigen Akkord an. Dann lief und sprang es in einem Wirbel von Tönen hin und her, um schließlich das Klavier mit einem letzten Sprung und einem meisterhaften Fortissimo-Anschlag wieder zu verlassen.

„Und das war's! Das war der Schluss, den ich so lange gesucht habe!"

Erschöpft und glücklich lehnte Pauli sich im Sessel zurück.

„Und wo ist die Maus jetzt? Hoffentlich nicht in der Küche?"

Verständnislos starrte Pauli Sophie an.

„Keine Ahnung. Aber meine Phantasie ist fertig!"

V.

harly war nicht wenig stolz, als er von der Höhe der Zimmerpalme diese Worte hörte.

War es die Möglichkeit? Da hatte er, ohne es zu wissen, eine Phantasie gespielt! Was immer das auch war. Dabei war er, als er auf die Tasten plumpste, so in Panik verfallen, dass er kaum wusste, was er tat!

„Ich bin also ein Genie!", sagte er leise vor sich hin.

Ein gedämpftes Lachen ließ ihn zusammenfahren.

„Bist du jetzt zufrieden?", kam Dorabellas Stimme vom Klavier herunter. „Hab' ich dir jetzt bewiesen, dass jeder Trottel Klavier spielen kann? Zumindest sowas, was sie moderne Musik nennen."

„Wie – wieso?", stotterte Charly.

Die Katze erhob sich, trat an den Rand des Klaviers und fasste Charly scharf ins Auge.

„Das darf doch nicht wahr sein! Du bildest dir doch nicht etwa ein, das wäre dein Verdienst gewesen?"

„W-was?"

„Erstens," sagte Dorabella, „war ich es, die dir den Schubser gegeben hat, damit du auf die Tasten fällst. Und zweitens hast du dort nichts anderes getan, als vor Schreck wie verrückt herumzuspringen! Oder vielleicht nicht?"

„Doch!", murmelte Charly.

Er sah ein, dass Dorabella recht hatte. Kopflos war er hin und her gerast, ohne auch nur darauf zu achten, was für Töne er hervorbrachte!

Er schämte sich. Da war endlich die lang ersehnte Gelegenheit gewesen – und was hatte er daraus gemacht?

Eben wollte er sich ins Innere des Klaviers verziehen, um dort in Ruhe über sein Unglück nachzudenken, da stürzte Pauli wieder ins Zimmer.

„Komm schnell her!", rief er dabei über die Schulter. „Hör es dir an!"

Während Sophie, das Buch in der Hand, sich

mit überkreuzten Beinen neben ihm auf den Boden hockte, begann er sein neues Stück zu spielen.

„Jetzt paß auf!", sagte er nach einer Weile. „Jetzt kommt's!"

Er hob beide Hände hoch in die Luft, spreizte die Finger auseinander und ließ sie auf die Tasten niederfallen.

Sophie zuckte zusammen.

Pauli schüttelte den Kopf. „Nein, so war's nicht. Noch einmal!"

Derselbe Misston wiederholte sich.

Sophie blickte gequält drein.

„Vielleicht darf ich nicht alle Finger verwenden? Warte, gleich habe ich's!"

Pauli sprang auf, um das Klavierstockerl etwas in die Höhe zu schrauben. Er überlegte einige Sekunden.

Schließlich streckte er drei Finger aus – zwei

rechts, einen links– winkelte die übrigen ab und ließ sie mit Wucht auf die Tasten niederfallen.

Dorabella sprang lautlos vom Klavier, umstrich Sophies Beine und verschwand in der Küche.

„Ich werde besser zuerst den zweiten Teil spielen," erklärte Pauli zehn Minuten später. „Der war ganz leicht."

Sophie räusperte sich. „Ich glaube, Dorabella hat Hunger!" Sie stand auf und folgte der Katze in die Küche.

Die nächste halbe Stunde lang bearbeitete Pauli in verbissenem Schweigen die Tasten. Schließlich sprang er auf, warf mit einem Knall den Klavierdeckel zu und vergrub den Kopf in den Händen.

„Es hat keinen Sinn!", stöhnte er, als Sophie vorsichtig zur Tür hereinsah. „Ich kann es nicht

einmal nachspielen. Ich bin ein Versager. Diese Maus ist ein Genie!"

Charly errötete über beide Ohren.

Unwillkürlich suchte er mit den Augen die Katze Dorabella. Aber die war in der Küche, hatte ihm den Rücken zugewandt und kaute an ihrem Dosenfutter. Es war offensichtlich, dass sie nichts gehört hatte.

Kaum war es Sophie gelungen, ihren Freund etwas zu trösten, da verfiel dieser in hektische Betriebsamkeit.

Er begann, Tische und Sessel zu verrücken, riss die Polster vom Sofa und kroch hinter das Bett.

„Kannst du mir vielleicht sagen, was du da machst?", fragte Sophie, während sie ihm zusah, wie er auf einen Sessel stieg und Töpfe und Pfannen aus dem Küchenkasten warf.

Pauli wandte ihr sein hochrotes Gesicht zu.

„Was ich mache? Kannst du dir das nicht denken? Ich suche die Maus!"

„Die Maus? Und du glaubst, die wird sitzen bleiben und warten, bis du sie fängst?"

„Wenn du eine bessere Idee hast, dann sag's!"

„Es gibt Mausefallen," meinte Sophie vorsichtig. „Auch solche, wo die Maus nicht draufgeht."

Pauli schüttelte den Kopf. „Bist du verrückt? Mozart in der Mausefalle! Nein, nein, das geht nicht."

„Außerdem", fuhr Sophie fort, „stell dir vor, es gelingt dir tatsächlich, sie zu fangen – was tust du dann?"

Pauli stieg vom Sessel und kratzte sich am Kopf.

„Dann – dann – setze ich sie einfach auf die Tasten und –"

„Und sie spielt für dich? Weg wird sie wieder sein, bevor du bis zwei zählen kannst!"

„Ich werde sie anbinden,", murmelte Pauli. „Ich geb' ihr ein Halsband …"

„Aha! Mozart an der Hundeleine!", grinste Sophie.

Pauli zuckte zusammen.

„Ach was!", sagte er dann. „Ich werde mir schon was ausdenken. Jetzt muss ich einmal das verfluchte Vieh finden! Warum hilfst du mir nicht?"

„Du solltest lieber schauen, ob dir der Schluss

nicht doch einfällt!"

„Gleich!", versicherte Pauli. „Wenn ich mit der Küche fertig bin!"

Er bückte sich, hob den Mistkübel auf und leerte ihn über den Boden.

Sophie wich einen Schritt zurück.

„Also, wir sehen uns morgen!", sagte sie rasch und verließ fluchtartig die Wohnung.

VI.

s war eine schwere Zeit für Charly. Natürlich war er schnell und behände und es fiel ihm nicht schwer, Paulis ungeschickten Nachforschungen auszuweichen. Aber er musste fortwährend auf der Hut sein.

Von seiner geliebten Zimmerpalme rettete er sich durch einen kühnen Sprung hinüber aufs Klavier, Sekunden bevor Pauli den Baum zu schütteln begann. Vom Klavier musste er bald darauf auf den Vorhang wechseln, von dort sich wieder hinunterrutschen lassen, quer durch das Zimmer laufen und in den Papierkorb schlüpfen.

Eine Zeit lang hatte er im Schlafzimmer

Ruhe, dann wurde er auch von dort vertrieben. Das beste Versteck war immer noch seine alte Behausung im Inneren des Klaviers …

Von Zeit zu Zeit aber machte Pauli wieder einen vergeblichen Versuch, seine Phantasie selbst zu Ende zu spielen. Dann musste Charly auch von dort schleunigst verschwinden, bevor ihm das Trommelfell platzte.

„Warum lässt du dich eigentlich nicht fangen?", fragte Dorabella am Abend, als sie ihn hinter ihrem Fressnapf entdeckte. „Du hörst ja, was er für große Stücke auf dich hält!"

„Ja, große Stücke!", sagte Charly empört. „Ein Halsband will er mir anlegen und mich am Strick spazieren führen!"

„Na und? Jeder Hund wäre froh darüber!"

„Ich bin aber kein Hund!", erklärte Charly entschieden.

Als Sophie am nächsten Tag wiederkam, war

die Wohnung ein einziges Schlachtfeld und Pauli in Verzweiflung. Sein Haar war zerrauft und er hatte dunkle Ringe unter den Augen.

„Sie ist wie vom Erdboden verschluckt!", versicherte er und ließ die Wurstsemmel, die Sophie ihm gebracht hatte, in der Hosentasche verschwinden. „Ich habe jeden einzelnen Zentimeter abgesucht!"

„Gib's auf!", rief Sophie. „Hallo, Dorabella!" Sie bückte sich, um die Katze zu streicheln. „Kannst du deinem Herrerl nicht helfen? Wer weiß, vielleicht kannst du auch Klavier spielen?"

Pauli fuhr in die Höhe und schlug sich an die Stirn.

„Dorabella!", stöhnte er. „Natürlich! Dass ich nicht früher darauf gekommen bin! Diese verdammte Katze hat meine Maus gefressen! Na warte, du –" Und er griff nach dem Besen.

Dorabella wartete nicht ab, was kommen würde. In Sekundenschnelle saß sie oben auf der Vorhangstange und funkelte Pauli vorwurfsvoll an.

„Also, das kann ich nicht glauben!", meinte Sophie. „Meines Wissens hat sie noch nie im Leben eine Maus gefangen. Sie ist viel zu faul!"

„Doch, sie war's!", sagte Pauli düster. „Es ist ganz klar! Sie hat mein Leben ruiniert! Ich will sie nicht mehr sehen."

„Jetzt reicht es aber!", erklärte Dorabella, als sie Charly Stunden später in einem leeren Suppentopf aufgestöbert hatte. „Ich hoffe, du unternimmst jetzt etwas!"

„Ich?" Charly blinzelte und blies sich ein Krümelchen vom Schnurrbart. „Wieso denn?"

„Weil ich deinetwegen nicht um meinen guten Ruf und um meine Stellung gebracht werden will! Du hast mir das eingebrockt – jetzt tu endlich etwas!"

Charly setzte sich auf. „Aber was kann ich denn tun?"

„Zuerst einmal: Zeig dich ihm, damit er sieht, dass ich dich nicht gefressen habe! Und dann wird dir kein Stein aus der Krone fallen, wenn du ihm bei seiner blöden Phantasie ein bisschen hilfst!"

„Ich? Aber ich laufe doch nur wie verrückt herum?"

„Ach, sei doch nicht so nachtragend! Vielleicht habe ich mich geirrt. Ich habe keine Ahnung, ob du Talent hast oder nicht. Jetzt hilf mir endlich aus dem Schlamassel!"

Charly zögerte. Schon glaubte Dorabella, ihn überzeugt zu haben, da stieß er plötzlich hervor: „Ich will aber kein Halsband tragen!"

„Wieso – ach, Blödsinn! Das hat er doch nur zum Spaß gesagt."

„Es hat aber ganz ernst geklungen."

„Hat man schon jemals gehört, dass eine Maus ein Halsband trägt? Vergiss es!"

„Ich will aber nicht an der Leine herumgeführt werden!"

„Wenn ich dir doch sage, dass das gar nicht geht! Du bist viel zu klein."

„Und wenn nicht?"

„Du weigerst dich also, mir zu helfen?"

Verstockt blickte Charly zu Boden. Die Katze wartete noch eine Weile auf Antwort, dann drehte sie sich um und ging.

Unglücklich schaute Charly ihr nach.

Die Tage bis zu Paulis Konzert waren für alle wenig erfreulich. Jeden Vormittag übte Pauli verbissen sein Programm, beobachtet von Charly, der irgendwo verborgen im Zimmer hockte.

Wie gerne wäre er da drüben auf den Tasten gesessen! Aber er traute sich einfach nicht.

Bei Pauli ging alles gut, bis er zu der bewussten Stelle kam – dann produzierte er nur mehr Misstöne. Danach kam regelmäßig ein Verzweiflungsausbruch.

Am Nachmittag stellte Pauli dann wieder und wieder die Wohnung auf den Kopf. Aber er konnte Charly nicht finden.

Und Dorabella? Die saß auf dem obersten Bücherbrett, ließ ihre grünen Augen über das Schlachtfeld wandern und sagte kein Wort.

Charly versuchte mehrmals, ein Gespräch mit der Katze anzuknüpfen, doch vergeblich. Seit er sich geweigert hatte Klavier zu spielen, war er Luft für sie.

Am Vorabend des Konzerts fühlte er seit langer Zeit wieder, dass die Katze ihn ansah.

„Äh – hast du was gesagt?", fragte er aufs Geratewohl.

Dorabella schüttelte langsam den Kopf. „Hast du es dir überlegt?"

„Was denn?"

„Du weißt schon, was ich meine."

„Ich kann nicht!", stöhnte Charly.

„Dann wird es wohl morgen eine Katastrophe geben." Dorabella betrachtete ihre gepflegten Pfoten. „Und außerdem eine Katze weniger in diesem Haus."

„Wie – wieso?"

„Ich werde auswandern,", erklärte Dorabella.

„Hier gefällt es mir nicht mehr."

„Das – das tut mir aber leid!", stotterte Charly.

Dorabella maß ihn von oben bis unten.

„Feigling!", sagte sie leise.

VII.

etzt war der große Tag da. Pauli hatte sich einen Frack geliehen, der ihm etwas zu weit war. Sophie trug ein schwarzes, eng anliegendes Kleid.

Lange vor Beginn des Konzertes trafen sie in der Künstlergarderobe ein. Während Pauli dort schweigend hin und her lief, blätterte Sophie im Programmheft.

„Oh! 'Phantasie für ein Klavier und eine Maus' – das ist ein guter Titel!"

Pauli blieb einen Moment stehen und nickte düster. „Der Titel schon.", knurrte er. Dann lief er weiter auf und ab.

„Aber wolltest du die Beethovensonate nicht

für den Schluss lassen? Da hast du doch den Applaus garantiert!"

„Garantiert?" Pauli lachte auf. „Wenn ich meine eigene Phantasie an den Anfang stelle, werde ich nicht dazukommen, noch irgendwas anderes zu spielen! So dagegen habe ich eine Chance, dass ihnen wenigstens der erste Teil gefällt. Bevor sie mich dann mit faulen Eiern bewerfen."

„Sei doch nicht so pessimistisch!" Sophie öffnete ihre Handtasche, um einen Blick auf ihren Taschenspiegel zu werfen. „In der letzten Zeit warst du schon viel besser."

„Ich bin ganz kribbelig!", jammerte Pauli. Er zog das Sakko aus und fuhr sich mit der Hand unter den Hemdkragen. „Es kitzelt mich überall!"

„Das sind die Nerven!", meinte Sophie. Sie betrachtete ihre Nase im Spiegel, dann klappte sie die Tasche zu und stand auf. „So, ich muss mich jetzt auf meinen Platz setzen. Toi-toitoi, es wird schon schief gehen!"

Sie drückte Pauli einen Kuss auf die Wange, klopfte ihm noch einmal auf die Schulter und verschwand, als ein Glockenzeichen den Beginn des Konzerts anzeigte.

Pauli war einer Ohnmacht nahe, als er die Bühne betrat und sich verneigte. Der Schweiß lief ihm über die Stirn, seine Hände zitterten und irgendwo kitzelte es ihn schon wieder.

Der Saal war nicht groß, aber ziemlich voll. Rasch durchlief Paulis Blick die erste Reihe: da saß Sophie und lächelte ihm zu.

Etwas getröstet ließ Pauli sich auf den Klavierhocker nieder, wischte seine nassen Hände an der Hose ab und konzentrierte sich.

„Ich muss gut sein", sagte er sich. „Wenn ich jetzt sehr gut bin, werden sie mir den Schluss weniger übel nehmen …"

Nach den ersten Takten spürte er, wie er ruhiger wurde. Das Publikum hörte ihm zu, nur ab und zu kam ein Räuspern oder Scharren mit den Füßen. Pauli fühlte sich immer sicherer.

Er spielte das erste Stück, er spielte das zweite. Als er aufstand, um sich vor der Pause zu verbeugen, empfing ihn freundlicher Applaus.

„Gut warst du!", versicherte ihm Sophie im Künstlerzimmer. „Das wird ein Bombenerfolg!"

„Wart's ab!", seufzte Pauli und fuhr sich mit

einem Taschentuch über die Stirn. „Das dicke Ende kommt noch …"

„Meine Sitznachbarin ist schon sehr gespannt auf deine Komposition!", erzählte Sophie. „Sie sagt, es ist auch ein bekannter Kritiker hier – der Dicke in der ersten Reihe ganz rechts!"

„Das auch noch!"

Trotzdem wirkte Pauli ruhig und beherrscht, als er wieder vor dem Flügel Platz nahm. Er vergaß zeitweise ganz, dass er vor Publikum spielte, so sehr gelang es ihm, sich in die Musik hineinzuversenken.

„Ich glaube, so gut war ich noch nie!", dachte er überrascht, als nach der Beethovensonate der Beifall nur so prasselte. Und ohne abzuwarten, bis es wieder ganz still wurde, begann er seine Phantasie.

Auch hier ging zunächst alles gut. „Ich hab' gar keine so schlechten Ideen!", dachte Pauli.

Während er weiterspielte, fühlte er, wie er wieder zu schwitzen begann. Das Hemd klebte ihm am Rücken und es kitzelte ihn an der Brust …

Unerbittlich kam die gefürchtete Stelle näher, und das Kitzeln wurde immer unerträglicher.

„Ich muss mich kratzen!", dachte Pauli verzweifelt.

Schließlich hielt er es nicht mehr aus, seine rechte Hand fuhr empor und griff nach der Brusttasche seines Fracks – da streifte sie plötzlich

etwas Weiches, Warmes, das wegsprang!
Zu Tode erschrocken zuckte Pauli zurück.

Doch während er noch mit offenem Mund auf die Tasten hinunterstarrte, erklang mit einem Mal das Klavier: Das war der Schluss seiner Phantasie. Rasant, unbekümmert und fröhlich und noch viel mitreißender, als Pauli ihn in Erinnerung hatte!

Der Beifall war überwältigend.

Wie im Traum stand Pauli da und ließ die Bravo-Rufe über sich ergehen. Und wie im Traum wankte er schließlich zurück in die Garderobe.

Dort warteten viele Leute: Freunde, Verwandte, Unbekannte, alle wollten ihm die Hand schütteln und gratulieren.

„Pauli, du warst toll!"

„Einfach umwerfend!"

„Endlich eine neue Musik, die sich anhören lässt!"

„Wo haben Sie nur diese Ideen her?"

Pauli wusste selbst nicht, was er antwortete. Er stand einfach da und lächelte glücklich.

Zum Schluss trat ein dicker Mann mit einer Zigarre an ihn heran.

„Gratuliere! Ein beachtliches Konzert für einen Anfänger. Übrigens: Wie ist es Ihnen gelungen, die Maus abzurichten?"

„Die – die Maus?"

„Die Maus! Die meisten dürften sie gar nicht gesehen haben, aber von meinem Platz aus war sie gut zu erkennen."

„Ich – äh –"

Der Kritiker klopfte ihm auf die Schulter.

„Sie brauchen nicht verlegen zu werden. Sie haben sie ja schließlich angekündigt! ‚Phantasie für ein Klavier und eine Maus' …. Aber dass sie einer Maus ein Stück moderner Musik beibringen können – alle Achtung! Hätte ich nicht für möglich gehalten. Bin selbst Besitzer eines Dackels ...". Er hob die Achseln. „Naja, vergessen wir es."

„Glaubst du, er wird was Schlechtes über mich schreiben?", fragte Pauli Sophie, als sie endlich alleine waren.

„Hat nicht so ausgesehen, oder?" Sophie sah sich suchend um. „Wo ist denn die Maus geblieben? Sie wird doch nicht wieder weggelaufen sein?"

Pauli erschrak. Vorsichtig fühlte er nach seiner Jackentasche: leer.

„Maus!", jammerte er. „Lass mich nicht wieder im Stich!"

Da spürte er plötzlich ein Kitzeln in seiner Hose. Gottseidank, da war sie ja!

Behutsam holte er sie heraus: Eine kleine graue Maus mit seidig glänzendem Fell und schwarzen Stecknadelaugen saß auf seiner Handfläche und sah ihn an.

„Die fürchtet sich ja gar nicht!", staunte Sophie.

Pauli betrachtete die Maus lange.

„Wir werden sie Amadeus nennen!", beschloss er dann. „Oder lieber Wolferl. Das passt besser zu ihr!"

„Bist du jetzt zufrieden?", fragte Charly Dorabella.

Sie waren spät in der Nacht nach Hause gekommen.

Pauli und Sophie hatten mit einer Flasche Sekt das Konzert gefeiert, und Charly hatte der Katze alles brühwarm erzählt.

Dorabella lächelte. „Ich hab' mir schon so was gedacht …. Als ich gesehen habe, wie du in Sophies Handtasche geschlüpft bist. Komm in meine Pfoten! – Nein, lieber nicht, ich bin zwar satt, aber man kann nie wissen … War's schwer?"

Charly holte tief Luft. „Also, ich habe mich entsetzlich gefürchtet. Vorher. Aber das Spielen …" Er schloss einen Moment lang die Augen. „Das Spielen war wunderbar …. "

Dorabella räusperte sich. „Was ich da früher über dein Talent gesagt habe, darfst du nicht

ernst nehmen. Im Grund bin ich ja ganz unmusikalisch."

„Wirklich?" Charly wurde ganz heiß vor
Stolz. „Ich hab' mich auch wirklich bemüht
… Was meint er übrigens mit dem komischen
Namen, den er mir neuerdings gibt?"

Dorabella zog die Brauen hoch. „Du bist vielleicht ein Naturtalent, aber musikalisch völlig
ungebildet! Wolfgang Amadeus Mozart – nie
gehört?"

„Oh!", sagte Charly.

VIII.

ie Wochen und Monate vergingen.
Für Pauli und Charly gab es viel Arbeit. Auf den
begeisterten Zeitungsartikel des dicken Kriti-
kers hin hatte Pauli gleich mehrere Angebote
für Konzerte bekommen.

Er übte und komponierte Tag und Nacht, und
jedes Mal, wenn er nicht weiter wusste, wurde Charly-Wolferl herbeigerufen.

Der ließ ihn nicht im Stich: Fast immer brachte sein Tanz auf den Tasten einen neuen musi-
kalischen Einfall.

Die Konzerte bestritten sie dann auch ge-
meinsam mit großem Erfolg.

Pauli begann viel Geld zu verdienen.

„Noch ein Konzert und wir können uns eine Eigentumswohnung leisten!", sagte er zu Sophie.

„Du kannst stolz sein auf dich!", bemerkte Dorabella am selben Tag zu Charly. „Ohne dich kommen sie nicht aus."

„Nein,", brummte Charly.

„Freut dich das nicht?"

Charly dachte nach. „Manchmal geht mir das Ganze schon auf die Nerven!", gestand er. „Ein Konzert nach dem anderen ... Klavier spielen ist ja schön, aber die Konzerte habe ich langsam satt. Immer so viel üben vorher! Und so viele Leute! Und jedes Mal diese Aufregung !"

„Dafür bist du ein Superstar ..."

„Davon kann ich mir nichts abbeißen!", knurrte Charly.

Wenig später war es so weit: Es wurde übersiedelt.

Am Tag des Umzugs ging es in Paulis Wohnung zu wie in einem Irrenhaus.

Arbeiter trampelten ein und aus.

Pauli und Sophie schossen nervös hin und her und schrien sich an.

Kisten schwebten durch die Luft oder verstellten den Weg.

Nach zehn Minuten Tohuwabohu war Dorabella verschwunden.

Charly war zweimal nahe daran, von einem Möbelpacker zertreten zu werden. In letzter Minute wurde er von Pauli gerettet.

In einer alten Pudelmütze übersiedelte endlich auch er in die neue Wohnung.

Dort fand er Dorabella, die es sich in einem neuen Lehnsessel bequem gemacht hatte und so tat, als ob sie hier ihr ganzes Leben verbracht hätte.

„Sieh dich um!", meinte sie gönnerhaft. „Du wirst Augen machen!"

Und wie er Augen machte!

Auf dem glatten Parkett ausrutschend, tastete er sich durch die einzelnen Räume. Sie waren alle neu eingerichtet, kaum ein Stück, das Charly wiedererkannte.

Nachdem er sich mehrere Male verirrt hatte und fast von der Dachterrasse gefallen war, ließ er sich benommen neben Dorabella nieder.

Aber gleich fuhr er wieder hoch.

„Du!", sagte er. „Wo ist das Klavier? Ich habe es nirgends gesehen!"

„Überraschung!", grinste die Katze. „Schau mal ins Musikzimmer. Die zweite Türe rechts."

Rasch lief Charly hin. Auf der Schwelle zum Zimmer erstarrte er.

In dem lichtdurchfluteten, sonst völlig leeren

Raum stand auf drei hohen, stelzenartigen Beinen ein schwarzlackiertes Monstrum, das Charly sofort als einen Konzertflügel erkannte.

„Na, was sagst du jetzt?", fragte die Katze hinter ihm.

Charly gab keine Antwort.

Langsam trat er näher, umrundete das Möbel und ließ den Blick über die langen Beine hinauf bis zum glänzend schwarzen Bauch des Ungetüms wandern.

Dann nahm er Anlauf, schwang sich auf eine der Rollen, auf denen die Füße ruhten, und versuchte die spiegelglatte Fläche hinaufzuklettern. Der Versuch misslang.

Dorabella beobachtete ihn kopfschüttelnd.

„Wozu dich plagen? Pauli wird dich schon auf die Tasten heben!"

Charly warf ihr einen finsteren Blick zu.

„Ich will nicht auf die Tasten!", knurrte er.

„Ich will in mein Haus! Und jetzt hab' ich kein Haus mehr."

Dorabella traute ihren Ohren nicht.

„Aber Charly! Das ist ein brandneuer japanischer Flügel! Er hat ein Vermögen gekostet!"

„Na und?", zischte Charly. „Ich will mein altes Klavier!" Und er verließ das Musikzimmer.

Draußen setzte er sich auf eine ungeöffnete Kiste, stützte den Kopf in die Pfoten und starrte trübsinnig vor sich hin.

Nach einigen Minuten sprang er auf. „Wiedersehen, Dorabella! War nett, dich kennen zu lernen."

„Aber – wohin gehst du denn?"

„Nach Hause. Zu Altwaren Rumpler."

„Und Pauli?"

„Der muss eben ohne mich zurechtkommen."

Die Katze sah ihm nach, wie er mit gesenktem Kopf der offenen Wohnungstür zustrebte.

„Warte!", sagte sie. „Ich zeige dir den Weg."

„Du? Woher weißt denn du –?"

„Katzen wissen alles!", lächelte Dorabella und ging voran.

IX.

ine halbe Stunde später stand Charly vor der Tür des Altwarenladens, wohin ihn Dorabella geführt hatte.

„Altwaren Rumpler", buchstabierte er schon zum zweiten Mal, während ihm das Herz in der Brust klopfte.

Wie lange war es her, dass er hier ausgezogen war? Was würden die Eltern sagen, und die Freunde? Würden sie sich freuen, ihn wieder zu sehen, oder hatten sie ihn schon vergessen?

Da sprang mit einem Mal die Tür auf.

Charly fiel auf die Nase, konnte mit knapper Not einem Paar schwarzer Schuhe ausweichen und wischte rasch ins Geschäft hinein.

Hinter ihm fiel die Tür ins Schloss. Herr Rumpler drehte den Schlüssel um und ließ den Rollbalken herunter.

„So ein Glück!", freute sich Charly.

Während seine Augen versuchten, sich an die Dunkelheit zu gewöhnen, drangen Stimmen an sein Ohr:

„Halt, wer da?", schrie es, und „He, was hast du hier zu suchen?", und ganz dicht neben ihm plötzlich: „Wer wagt es, ‚Rittersmann oder Knapp' …"

„Ach, sei doch still, Konrad!", sagte Charly. „Ich bin's doch nur."

„Wirklich – es ist Charly!" Aufgeregt umringten ihn seine Freunde. „Wo kommst denn du her? Wo warst du denn so lange?"

„Sind meine Eltern da?", fragte Charly.

„Natürlich!", erwiderte Tina. „Geh einfach

nach Haus!"

Charly wandte sich dem Winkel zu, in dem, wie er sich erinnerte, die Damenstiefel liegen mussten, aber da schrien alle „Nein, nein!" und drängten ihn in die andere Richtung.

„Aber …", stotterte Charly noch, dann sperrte er nur mehr Mund und Nase auf vor Staunen.

Was da auf einmal vor ihm auftauchte, war doch wahrhaftig sein altes Klavier, braun, wurmstichig und staubbedeckt, wie es immer hier gestanden war!

Und hinter dem Klavier kamen jetzt die Eltern Klimper hervor, um ihn in die Arme zu schließen.

„Aber – wie gibt's denn das?", fragte Charly, als er wieder Luft bekam. „Ist das Klavier denn nicht verkauft worden? Habe ich das nur geträumt?"

„Doch, verkauft worden ist es schon!", antwortete der Vater. „Aber heute Früh hat man es uns wieder zurückgebracht!"

„Und wir waren sehr traurig, weil du nicht drinnen warst!", ergänzte die Mutter.

„Und wo hast du die ganze Zeit gesteckt?", riefen jetzt alle im Chor.

„Ich? Ich habe Konzerte gegeben!", erwiderte Charly.

„Konzerte?" Der Schwarze Alex lachte auf. „Du?"

„Jawohl, ich! Wenn ihr mir helft, den Klavierdeckel aufzuheben, werde ich es euch vorführen!", verkündete Charly stolz.

Wenig später ließ er sich von oben auf die Tasten fallen und legte eine Nummer hin, dass seinem Publikum Hören und Sehen verging.

„Das war meine Phantasie für ein Klavier und eine Maus!", erklärte er, als er auf den

Boden hinunterhüpfte. „Und jetzt will ich schlafen gehen."

Und er verschwand im Bauch des Klaviers.

Nachspiel

nd wie erging es dem Pianisten Pauli weiter?

Wie Charly über die Katze Dorabella in Erfahrung brachte, tröstete er sich schließlich über den Verlust seines „Wolferl" und wurde eine angesehener, wenn auch nicht außergewöhnlicher Musiker, der ab und zu auch eigene Werke mit Erfolg aufführte. Wenn allerdings die Rede auf sein erstes Werk, die Phantasie für ein Klavier und eine Maus, kam, wurde er sehr verlegen und war um keinen Preis dazu zu bewegen, das Stück noch einmal zu spielen.

Charly wiederum spielte noch viele schöne

Phantasien auf seinem geliebten Klavier, und er genoss seine Konzerte vor der versammelten Mäuseschaft tausendmal mehr, als er je die Konzerte mit Pauli genossen hatte.

Auf Bitten seiner Freunde komponierte er sogar Stücke für zwei, drei oder vier Mäuse, bei deren Aufführung dann die musikalischsten seiner Freunde mitwirken durften.

Herrn Rumplers Altwarenladen jedoch geriet allmählich in der ganzen Nachbarschaft in Verruf: Man munkelte, dass es dort spuke und die Geister verstorbener Musiklehrer allnächtlich da ihr Unwesen trieben …